世界で一番残酷な子供のために

松田 裕

文芸社

無意識に

人が絶望し　死を望むのは　動かせない現実
人が疲れて　動けなくなるのは　揺るがない事実
それでも　絶望の中で　誇らしげに　希望の歌を謡う少女を見るときに
　私の心は泣くのです
絶対の死を前にして　すべてをなくした青年が
「僕は楽になりたいんじゃない　生きたいんだ」と言い放つとき
私の心はうめくのです。

先生へ

心は広がる
失ったものが　多いほど
亡くした人が　多いほど
流した涙は川となり　血の滲むような苦しみは森となる
優しさは大空に広がり　強さも海を覆う
そこにはいつも　悶える自分がおり　そうして心は広くなる

沈黙

苦しくて　文字もかけない
辛くて　涙もでない
寂しくて　何も見えない

会話

「私は静かな花になりたい」
あのときあの子はそう言った
「私は深い海になりたい」
あの子は静かにそう言った
「私は揺るがぬ山になりたい」
あの子は優しくそう言った
「私は動かぬ木になりたい」
死んだあの子は　そう言った

あの子はもう　ここには居らず
ただ風だけが　吹き抜ける
私は一人　ざわめく木の葉を仰いでは
死んだあの子を　思っている

精神論

愛する人が死んだとき　自分がまったく空白になるのがわかる
手を触れたくても　見つめたくても　話したくても
愛した人がいたところには　何もなく
ただどうしようもなく　寂しくて
世界が滲んでゆくのです

その心臓が脈打つことが　その手が温かいことが
ただそれだけが　私を生かしていたことを知るのです

愛する人が死んだとき　私自身も死ぬのです

近道

晴れた日の午後
青草繁る　古い線路で
私は　人とぶつかった。
それは　若い青年だった。

彼の後ろに続く線路を
彼は確かに歩いたはずだが
線路を覆う雑草は
その跡を残すことなく
風に吹かれては　静かに揺れた。

青年は　少し驚き　私を見ると
何も言わずに　ふうっと笑った。

彼はまた　線路を音もなく
歩き続け
十字に組まれた　太い丸太を通り
ゆっくり私を　振り返った
彼は　うれしげに　片手を上げ
そうして空へと　消えていった。

青空へのぼる一番の近道
なぜだか涙がとまらなく
疲れた心がぎゅっと騒いだ。

誰もかなえたがらない願い

凍り付くような義務感と　おぞましい欲情の結晶が　僕で
限りなく醜い肩書きに縛られて。
僕はどうして生まれてきたのだろう
僕のことを思うのなら　ああ、いっそのこと
殺してほしかった　何も知らないうちに。

ふいに

私は　何一つ失ってなどいないはずだった
しかし　あるとき　何ももっていないことに気がついた
手や　足はあるのに　それを動かそうとする意志がなかった
目は見えるのに　何もみようとしなかった
耳はきこえるのに　何も聴こうとしなかった
頭はあるのに　何も考えようとしなかった
命はあるのに　生きようとしなかった
何一つ失ってなどいないのに
いつの間にか　すべてを失っていた

墓標

あなたが死んでしまったら　私も死ぬと思っていました
でも　それは違ったのですね
あなたが死んで二年も経ちますが
今も私は　あなたのお墓の前に立ち尽くしているのです
きっと　人は各々　自分の道を歩くということなのでしょう
それでも
そうならば私は　あなたの道に一番近い道を
歩んでいたかったのです　本当に。

手をとって

あとからあとから打ち寄せる波打ち際で
私は一人で　凍えていた
寒くて　寂しくて　みじめで
この先永遠に　何も変わらないと信じていた
ほんの少しの喜びも　すぐにまた流されてゆくのだと　知っていた
ほんの少しの願いも　すぐにはじけてゆくのだと　わかっていた
私に見えていたのは　苦しみたちの戯れと　悲しみたちのささめごと

その時あなたがやって来た
あなたは私をすぐそばの大岩の上へと　連れていった

波ではなく　海を見るために

触レル権利

だれが僕を守ってくれた
だれが僕のために立ち上がってくれた
だれが僕と　あいつの間に立ちはだかってくれた

幼い頃は　そんな事　考えもしなかった
あいつから逃げるのに　精一杯だったから
身体を　強張らせ　侵入を防ぐのに　精一杯だったから
何も起こっていない振りをするのに　精一杯だったから
涙を飲み込むために　歯を食いしばっていたから

少年の頃は　そんな事　気付きもしなかった
やっぱり　あいつから逃げるのに　精一杯だったから
やっぱり　身体を　強張らせ　侵入を防ぐのに　必死だったから

やっぱり　何も起こっていない振りをするのに　必死だったから
自分の歪んだ心を　隠すために　すべてを費やしていたから

成年の頃　そんな事を　振り返りはじめた　やっと
そして　知った
子供は　本当は　親から逃げる必要などないことを
子供は　本当は　侵略などされてはならないことを
僕のまわりで　起きていた出来事を
それから僕は　動けなくなった　あまりの酷さに　愕然として

ダレモ僕ヲ守ッテクレナカッタ
ダレモ僕ノタメニ立チ上ガッテクレナカッタ
ダレモ僕ト　アイツノ間ニ立チハダカッテクレナカッタ

ダレモ僕ヲ守ッテナンテクレナカッタ…!!

ダカラ　ダレニモ僕ニ触レル権利ナンテナインダ

朱

怒って怒って　周りのものを全て　引き裂くような
そんな怒りが　今内にある

怒れ怒れ　力の限り怒ればいい
受けた仕打ちによって　一度死んだ人間にとって
なされた虐待によって　座り込んでしまった人間にとって

それは　生きるための証し
生き始めるための　引き金

怒ったあとに悲しみが　その先には君の道が
きっとある

空へ

自分が狂っていると思えることが　一週のうちで　六日と二十時間
残りの四時間の間　私は正気でいられる

幼い頃　私を捕らえて放さなかったひらがなばかりの　本
ふとしたきっかけで見ることになった　映画
耳から離れない　音楽
たった一人尊敬したした人の　一言

狂気の世界が長いほど
　　広いほど
　　暗いほど
　　汚いほど
　　醜いほど

苦しいほど
それらがまるで　宝石のように輝いては　私の心に突き刺さる
まるで　死へとまっしぐらに突き進む道筋を　引き裂く　錨のように

先生へ～最後に～

それは先生　あなたでした

爆弾の炸裂する戦場で　ただ　戦慄することしか知らなかった　私に
深閑とした世界を　教えてくださったのは

何をしても現実は　変わらないと泣きわめいた私に
言葉のもつ素晴らしさを　教えてくださったのは

生まれた理由を考えることもなく　かたくなに閉ざしていた　私の心へ
するりと入り込み　生きる理由を突きつけてきたのは

生きる理由を考えようとせず　やみくもに死に急いでいた　私の前へ
立ちはだかり　生きよと叫び続けたのは

それは先生　あなたでした

確たる否定

鞭でひどくぶたれた時　痛くはなかった
鞭でぶつ回数を　口に出して数えろと　言われた時も　悔しくはなかった
ぶたれた跡が　青あざになっているのを　見た時も　つらくはなかった
あんたは奴隷だと　言われた時も　がっかりなどしなかった
誰もあんたのことなど　好きにはならないと　言われ時も　悲しくはなかった
最低の人間だと　叫ばれた時も　泣きはしなかった

大きくなって　あれは全部　そういう意味ではなかったと　言われた時も
何も感じなかった

ただ一つ　嫌だったのは　僕が生きているということ
それに　我慢ならなかった

良心

だれも立ちはだかってなど　いなかった
進んではならないと　歩き出してはならないと
言っていたのは私だった

タール

毎日毎日　繰り返し繰り返し

感情が死に　心が死んだ
そして僕という存在もまた　確実に蝕された

そこにあるのはただの死体　ただし心臓は動いていた
それだけ

いいや違う　生き地獄の中で僕は　気ちがいだった
血走った眼　痙攣する指　麻痺した頭
心温まるための何かなど　微塵もない

苦しむために生きていた　解放は唯一死

毎日毎日　繰り返し繰り返し
こんな世界もある　ただそれだけのこと

私へ

僕はあの少年を　守ることができなかった
だから少年はいつも僕を責める
なぜ助けてくれなかったのか　と
なぜ守ってくれなかったのか
あなたはどんなことをしても僕をあいつの手から　救い出さなければならなかったと
他の誰でもない　あなたが僕を殺したんだ
だからあなたは生きている限りずっと苦しまなければならないんだ　と言って

そうかもしれない
しかし　僕もまた幼かったのだ
あいつの腕の三分の一の太さの腕しか持っていなかった
あいつの三分の一の体重しかなかった

頑張ったんだよ必死で　でも守ってあげられなかった
けれども今なら　今ならきっと何をしてでも守ってあげる
どんなことになっても　約束するよ
そう言うと　あの子はじっとうつむいた
わかっていたんだ少年にも　ようくわかっていた
僕にはどうしても　守ってあげられなかったってことが

でも行き場のない悲しみが　苦しみが　怒りが渦巻いて
きっと　どうしようもなかった

だから　好きなだけ恨めばいい　好きなだけ突っかかてくればいい
君の苦しみは　それほど深いんだ
それでいつか君が泣けるのなら　それでいいんだ

介する人

友人が言った
『生と死だけは自分で選ぶことはできない』と
ふりそそぐ花びらを見るように　悲しかった

自分の生を受け入れることができるのか
自分の死を受け入れることができるのか

そして　生と死の間の時の流れは…

生まれてはいても　生きてはいない
生き始めるということは　生まれるということよりも
痛く　重いものなのだ
生き始めるための　私の足跡はまるで

水に浮かぶインクのよう

ああきっと

私は誕生に　そして死に甘んじることしかできまい

私へ〜少年の〜

僕にはどうしてもできなかったことで　僕を責める君を
僕は嫌いだった
いなくなればいいと　思った
君を消すためにいろんな事をしたんだ　本当は

だけど　やっと僕にもわかった
じっとうつむいて　堅くこぶしを握り締めた　その姿を見て
君の悲しみの深さを

僕ははっとして　心臓から　熱い涙があふれた
一緒に生きてゆこう
いつも悲しんでいる君と
いつも僕を責める君と

ずっとひどいところで生きてきた…君と
君のつらさがわかるから
君の涙が　見たいから

打ち寄せる悲しみたち

自由に感じることは　許されなかった
自由に考えることは　許されなかった
自由に遊ぶことは　許されなかった
思うとおりに生きることは　許されなかった

願いはあった
望みはあった
やりたいことがあった
けれどそれはまるで　砂浜に書いた大切な言葉のように
波にさらわれて　消えていった

だから　何も望まなくなった
夢を　希望を紡ぎ出す　大事な大事な小さな私は

力なくうなだれる　指の間から　こぼれ落ちていった

波が私をさらってゆき
今私は　気の遠くなる広さの海からこぼれた私を見つけなければならなくなった
ぼろぼろの身体で

残る者たち

自分が不幸かどうかなど　考えたこともない
ただ　あまりに重すぎて　疲れてしまうことはある

でもきっと　他の人よりほんの少し
多くのことにけじめをつけなければならないというだけのこと
多くのことに命をかけなければならないというだけのこと
多くのことを乗り越えなければならないというだけのこと
多くのことと戦わなければならないというだけのこと
多くの修羅場をくぐらなければならないというだけのこと
多く覚悟を決めてゆかなければならないというだけのこと
多くを許してゆかなければならないというだけのこと
多くのことを信じてゆかなければならないというだけのこと
多く耐えゆかなければならないというだけのこと

多く生きるための執念を持たなければならないというだけのこと
潔く生きなければならないというだけのこと
誇り高く生きなければならないというだけのこと
強く願わなければならないというだけのこと
　冷静に自分を見つめてゆかなければならないというだけのこと

なぜなら私たちは一度　死んでしまったから
ほんの少しが重いかい？
ほんの少しが辛いかい？

それでもがんばって
私たちはきっと　奇跡を見られる
この世で一番美しい　奇跡を見られる

だからがんばって
　がんばって…

ドライブ

指の温かさを　爪で感じた
生傷の絶えない　汚い手を　誇りに感じた
譲れない自分を　好きになった

それでも　家に帰ると　つらくてつらくて
うずくまって泣いて…

怒りつづけられなくなることが
恨みつづけられなくなることが　怖い

恨む私は
憎む私は　きっと醜い姿をしているだろう

こたえは知っている
恨んだって空しいこと
憎んだって悲しいこと
そしていつまでも
恨みつづけることなどできないと
憎みつづけることなどできないと
寄生しているわけにはゆかないことを

それでも　仕方がないのだと言っていたい
今は怒ることでしか
頑張ることなどできない
しゃべることなどできない
笑ってなどいられない

お願いだから許してほしい

そうやって少しづつ　透明になってゆく私を
水晶でさえ　何万年もかけて結晶になってゆくのだから

いつかいい子に

明日もう一日をください
いい子になるよう頑張ってみるから
それでも駄目だったら　もう　いいから…

応酬

彼は私に向かって　女なんかと言い放った
答えにつまって　帰って泣いた
梅干しになった

丸一日考えた
彼に臆することのない生き方を
悶々として結局　笑い飛ばすことにした
　彼には体力
　私には魂の力
梅干しを絞ったら　種が落ちた
それはまだ早春　厳しい寒さの中で　凛と咲き誇る梅の種
女の人には　自分の非力さを認めて生きてゆく強さがある

そうやって種を埋めた後に　気が付いた
彼は私が怖かったんだね
おかしいね

万華鏡

私は少し饒舌になって
　焦りすぎて
　頑張りすぎて
　周りの人にどう思われるかなんて　気にならないほど懸命になりすぎて

なんのために？
それは　何もしなければ　きっと死ぬことはできないから
　生き急げば　死ねるような気がするから

死を恐れない私は
夜が必ず明けるようにべったりと　私にこびりついている

そんな私は悲しいが

恐縮ですが
切手を貼っ
てお出しく
ださい

112-0004

東京都文京区
後楽2－23－12
(株) 文芸社
ご愛読者カード係行

書　名			
お買上 書店名	都道府県　　市区郡　　書店		
ふりがな お名前		明治 大正 昭和　年生　歳	
ふりがな ご住所	□□□-□□□□	性別 男・女	
お電話 番　号	(ブックサービスの際、必要)	ご職業	

お買い求めの動機
1. 書店店頭で見て　2. 当社の目録を見て　3. 人にすすめられて
4. 新聞広告、雑誌記事、書評を見て(新聞、雑誌名　　)

上の質問に1.と答えられた方の直接的な動機
1.タイトルにひかれた　2.著者　3.目次　4.カバーデザイン　5.帯　6.その他

ご講読新聞　　新聞	ご講読雑誌

文芸社の本をお買い求めいただきありがとうございます。
この愛読者カードは今後の小社出版の企画およびイベント等の資料として役立たせていただきます。

本書についてのご意見、ご感想をお聞かせ下さい。

① 内容について

② カバー、タイトル、編集について

今後、出版する上でとりあげてほしいテーマを挙げて下さい。

最近読んでおもしろかった本をお聞かせ下さい。

お客様の研究成果やお考えを出版してみたいというお気持ちはありますか。

ある　　ない　　内容・テーマ（　　　　　　　　）

「ある」場合、弊社の担当者から出版のご案内が必要ですか。

希望する　　希望しない

ご協力ありがとうございました。

〈ブックサービスのご案内〉

当社では、書籍の直接販売を料金着払いの宅急便サービスにて承っております。ご購入希望がございましたら下の欄に書名と冊数をお書きの上ご返送下さい。（送料１回380円）

ご注文書名	冊数	ご注文書名	冊数
	冊		冊
	冊		冊

それでももう　死を恐れることはないだろう
悲しみと歪んだ希望が　痛むほどうずまいて
私にはもう　生きることしか見えない

レントゲン

苦しみのあまり私は　記憶を消した
記憶をもたない私は　頭と足だけの人間だった
胴はなく　ただ誕生の事実と　今という現実だけの私
心臓があるはずの
腕があるはずの
脊髄があるはずのところにはただ

雨のような涙が流れるばかり

しかし今　私を喰い尽くした苦しみは
私の身体に　積み重なりはじめている

もう揺るぎはしまい

人は各々何かを　自分の碇としている
例え思い出したくもない何かが人生を侵しても
私たちはまさにそれを　抱きしめなければならない

一つ一つ悲しみを積み上げて
一つ一つ苦悶を積み上げて
一つ一つ憎しみを積み上げて
そして　少しばかりの笑い声もまた
そう　今私は確かに　苦しみの上にしか立つことができない
でもそれで十分じゃないか

泡沫

暗い暗い水底へ　ゆっくり溺れてゆく僕を
僕の唇からこぼれ出てゆく命の泡を
抱きしめてほしい

ロッカー

側にいてわかった
この人と私の苦しみは同じ性質のものだと
同じ世界にいるのだと

彼は髪を七色に染め
私は校則に反していると戒めた

彼は何も持たずに学校に来て
私は容赦なく忘れ物を数えあげた

彼はハードロックに埋もれ
私は優等生をかぶった

彼はしょっちゅうふけこんで
私はその度に探しだした

彼と私は正反対だった
しかしただひとつ　同じものを持っていた
それは
望んでも手に入れることのできない悲しい共有物

気の狂うような孤独
自暴自棄の巣窟
その中を私達は彷徨っていた
今など見てはいなかった
狂気の世界に襲われたがなお　絶望するまいと
命をかけて這いずっていた　私たちの目
それは

私達にしか持てなかった

樫

ただひたすらに
優しく　悲しく
エメラルドの葉の一枚一枚に　胸が締め付けられ
ゆるやかに過去が流しこまれた

消えることのない
穏やかに広がりつづける慕情

ああ　あのとき私は確かに　幸福ではなかったか
忽然と　脳裏に芳いに満ちた調べが蘇り
春の吹雪の中に立ち尽くしていた私は
涙の熱さを確かにすくいあげた

いつしか身体は　はかなさゆえの美しさに包みこまれ
それは　永遠の告を刻む
萌葱色の悲しみに　笑いこぼれていた

インク

この文字一つに何ができよう
この文一つに何ができよう
この詩一つに何ができよう

目に映り
耳に流れ込み
身体で感じた　灰色は

腕を伝わり
指を通って
紙へと滴る

その滲み　ぼやけた輪郭を

一体何だと思うのだろう
それは古より綻びた　綾かなる点綴

洞察

はじめにまず　黒を白だと言い張った
あまりにつらかったものだから

次に　黒を全部背負ってしまった
現実は決して動かせないと思い込んで

最後に灰色にしてもいいと教えてもらった
私の心を守るために

けれども　それすらできないときもある

ガツガツと黒を抉《えぐ》り　空《くう》を穿《うが》ち　澱《よど》んだ怖けを浸蝕する
足元にはひび割れた心臓の破片が

それに何の価値があろう

しかしそれこそが　眩さのあまり触れることさえできないほどの真実
　　　　　　　　　絶対に揺らぐことのない　真理

掃除

涙が　首を伝い
　鎖骨から溢れ
　胸へと落ち　広がった

皮膚を切り
肉を開き
僕の中の醜い膿を
全てきれいにしたくて
色々したんだよ

それを皆は病気だと言った

これ以上悲しいことはなんだろう?

桜花散

僕が生まれたことを
ただ黙って悲しんでくれる君が
こんなにも　愛しいとは

進化

地を歩くことは許されない
空を飛ぶことも許されない

できないのではなく

その隙間で蠢いている僕の
僕の居場所は　酸素を破った　その向こう側にあるから

苦悶を吸い　内臓へと鬼が染み込む有様は
目を貫き　脳へと刺さる

その傍らで
僕は自分の闇を輝かせる術を学び

いかにして逝くかを考えあぐね
たぎる過去の終焉の地を探し
澱んだ懐郷の想いが膿まぬよう　零れる思いを送り続ける

素晴らしくも哀しき　人間ゆえ

牡丹桜

君の重たい　幸いが　ちぎれ転がり　輝いている
僕の幸せは　とっくに終わってしまったよ
今はただ　君の周りの遥かなるさざ波を
立ち尽くし　受け止めている

年に一度の幸いが　はかなさと共に哀しみを連れて
それは何と見事な…

そう僕は　君の向かいに佇む　サクラの木

流血

痛みが欲しい
心臓が早鐘を打つほどの痛みが
どうしても欲しい

プライド

僕が君になにを求めたのか　君は知らないんだね
僕がどれだけ苦しんだのか　君は知らないんだね

僕は君に　とても大きくて　重たいものを求めたんだ
だけど君は　それを僕にくれることだってできたんだよ
なぜって　たくさん持っているんだから　君は
君を選んだ理由は　そこにあるんだから

僕が君になにを求めたのか　君は知ることはないんだね
僕はただ　おこぼれのキスを貰いたかっただけなのに
僕がどれだけ苦しんだのか　君は知ることはないんだね
僕はただ　おこぼれの同情を貰いたかっただけなのに

君ほど恵まれているのなら
おこぼれくらいめぐんでくれると思ったんだ…

権化

僕は父親の権化
だからどうか　僕と戦ってほしい
そしてどうか　僕が立ち上がれないほど打ちのめしてほしい
本当の意味で

僕の中の歪んだ性を　力ずくで正常に治してほしい
僕の父親は　揺るがない性倒錯者
そして僕は父親の権化

だからどうか　僕の相手をしてほしい
そしてどうか　たった一度のわがままをきいてほしい
僕の中からすべての歪んだ性を　撃ち抜いてほしい

だからどうか　チャンスをくれないか
そしてどうか　僕に希望をくれないか

それが君には何の意味もないことは知っているけれど

価値

私の中には　良いものなどないと
信じていました　知っていました

でもあなたは私に愛をくれて
だから私は　愛することができるようになりました

でもあなたは私に優しさをくれて
だから私は　人を思うことができるようになりました

でもあなたは人と共に生きることを教えてくれて
だから私は　謙遜になろうと願うようになりました

でもあなたは私にそれでいいと微笑んでくれて

だから私は　息をすることができるようになりました

でもあなたは私を許してくれて
だから私は　大切なのは『はぁと』だと知ることができました

でもあなたは荒んだ私を受け止めてくれて
だから私は　生きることができました

あなたといると　私は人間のフリができるの
本当は残酷な獣だけれど
獣だけれど

獣の皮をかぶった　人間になれるのよ

たからもの

僕はまだ
傷つく言葉を
探し続けている

幻影

直視してはいけないと　今言うの
あなたの精神が壊れてしまうからと

それなら　残念だけれど
もう　手遅れ

壊れてしまったわ
心も　精神も

でも　身体が死ぬまでは
幻で…

琴線

大切にしたいものが　皆とは違うのだと知った

たった一人の人だったり
たった一つの良いことだったり
たった一粒の涙だったり
たった一度の笑顔だったり
とても小さな声だったり

そんな小さなことなの
私の砕けた心ではそれが精一杯

でもだから　命をかけられるのかも
知れないわ

幻

まっすぐに　霧立ちのぼる海の中で
僕もまたゆっくりと
蒸発していった

流星

漆黒の空よりも多く瞬く　星々を見て
僕は悟るべきだった

僕の人生もまた　この星空と同じなのだと

太陽の光に隠れてはいても
苦しみは消えることはないのだと

ぼんやりと僕を照らす希望も　所詮
暗闇があるからこそ　美しいのだと

雨のように降りそそぐ星もまた

日々流される涙にすぎないのだと

そして
時に幸せと感じることこそが
一番の不幸なのだと

夕立ちのごとく

幸せが　僕を幸福へと導く道程の
枷になるとは
まさか思いもしなかった

君と…

君はただ横に居てくれた
だから僕は怖くなかった

君は自分に嘘をつかなかった
だから僕は安心していられた

君は飾らない人でいてくれた
だから僕は僕でいられた

君はたくさん笑ってくれた
だから僕は不幸にはなれなかった

君は安っぽく泣いたりしなかった

だから僕は好きなだけ泣くことができた

君は自分を卑下しなかった
だから僕は心を開くことができた

君は君の人生を歩んでいた
だから僕も生きてみたくなった

君は僕を幸せにすることを恐れていた
だから僕は幸福でいられた

君は僕の手を取りはしたけれど
引きずりまわしはしなかった
だから僕はいつまでも　手を繋いでいたかった

僕が死ぬときは　君に側にいて欲しい　勝手だけれど
君が望んでくれるのならば…

狂気

深夜に　僕は気が触れる
一生消えぬ傷跡をかきむしり
思い出す
忌まわしい過去を

笑うことなどなかった
愛されることなどなかった
ただ
虐げられるだけの
傷つけられるだけの
孤独なだけの

僕の人生

気が狂うことさえ許されない
傷つけることだけは許さない
そんな僕のプライドが
何より僕を締めつけた

怒りさえ　湧いてこない
だから、
もう　楽になって
僕の魂

境

叩かれ続けた犬は　『噛む』ようになるという
それは当然の権利だと　言う人もいる

それでいいのか
呪い　憎しみ　醜い修羅と化し
救おうとするもの全てを　否定し　踏みにじり
枯らし　萎えさせ　生気を吸い取り
砕き　抉り取り　引き裂く
そんな私に　誰が「生きよ」と言えるのか

だがそれでも　私には結局のところ何一つ
変えることはできないのだ

誇り高い魂はなくならない
美しい心は消えはしない
腐った私の屍を　誰かが埋めてくれるのだろう
だから私には　帰るところがない

笑うことは死ぬことよりも　大変なことなのだよ
死ぬことは生きることよりも　簡単なのだよ

だから言える
私に生を求める権利は　誰にもない
それを望むことができるのは　私だけだと

渤《ほっ》れ目

纏れあい　裾の見えない悲しみが
ほぐれ解けてゆく様は

死へとむかう平安と
生まれ出てきた哀しみを
思い出させる

流れ

これ以上ないほど美しく
残酷な夢を　見せてあげよう
ぞくぞくするほど冷酷な人に
なってみせよう

この醜い僕が。

軽蔑

僕はいろいろな言葉に　いちいちひっかかって
　　　　　　　　　　　いちいち反抗して
どうしてだろう

それは多分　それが本当じゃないって知ってしまったから
聞き流すことさえできないほどに　刻み込まれたことだから

こんな風に　僕は何も持たないことが
まるで自慢できることかのように　言うけれど
そんなことはないんだよ
ただひたすらに　悲しくて　悔しいのさ

こんな僕を　見下げてくれよ

思いあがり

幸せに育ったからという　ただそれだけで
君は僕を救えるとでも思うのかい？

円満な家庭の中にいたからという　ただそれだけで
君は僕の声を聴くことができるとでも思うのかい？

与えられて当然のものを持っているという　ただそれだけで
君は僕に近づくことができるとでも思うのかい？

愚かしいね　実に愚かしい

君の感情は　決して僕には届かない

呟

大丈夫ではない

続きをきかせて
際限なく　ブクブクと太りつづけたあと
僕はどこへゆくの

眼を閉じればみえてくる
夢にみた　理想郷

幸せには　なれない
可哀想に

どこにおいても

聞こえてこない　声
わからない　真実

痛みを知った　フリ
籠絡

僕に語りかける
僕の肩に腕をかける　おまえは

挑戦

狭量かつ
偏見に満ちた　この僕は
一体なにに　屈しようか

弱死強殺

すいっちょ　すいっちょと
風呂場に虫が這っていた
ソレは　衰弱して
僕はソレを流し去った

けれどもソレは僕の足に　飛びついて
だから僕はそいつを殺した

死にたくなかったのなら　僕を殺せばよかったのに

所詮　そういうことだろう?
こんな人間とは言えない生き物が　強いと言えるなんてね
そうじゃないのなら　証拠を見せて　この僕に。

ツヨい

濁流においても　溺れることのない
強い腕が欲しかった　ナゼ？

まさか　溺れるほど憎しみがあろうとは

毒を含んだ蔦を　断ち切れるほどの
強い力が欲しかった　ナゼ？

まさか　絡みつくほど性が倒錯していようとは

湧き上がる　清水のように
強い願いが欲しかった　ナゼ？

まさか　干涸びるほど命を吸い取られるとは
望むことができるのなら
強い　強イ……

呆れる無力さ

光を千切る　木々のさざめきが何だと言うのだろう
薄紫を織り混ぜた得も言われぬ美しさでたなびく　夕日に何の価値があろう
胸を突く心を埋め尽くす郷愁の地があったところで　どうだと言うのだろう

そんなもの　何の助けにもなりはしない
今の僕には

4次元

雲が雲を取り巻き　渦を巻いている
風吹き荒ぶ薄暗いこちらの　雲一枚
向こうは
何という

満開の光達

朽ちる

流れてゆくのは　雲か煤煙か
流れてゆくのは　恋か欲か
流れてゆくのは　雨か涙か
流れてゆくのは　愛か憎しみか

ここは風の吹き溜まり

願う

澱むは愛であるように

壁画

黒い魚が　波打ち泳いでいる
僕の血の中で
涙が無いと　溺れながら

結晶

抱きて暖め
刃にて磨き
家庭にて精練す

憎しみを

常識

影のようなもの
なぜいけないの？

だってそれは　当たり前のことなのに…

祈り

私、これから残酷になります
これは宣言ではなくて
ただ　知ってほしい
それだけなんです

今までも残酷だったかもしれないけれど
でもそれは　わざとじゃなかったってこと
そして　これからはわざとだって
知ってほしかったんです。

及ばず

笑いたくて
死体をつかみましたが
手が　裂けました

本当のこと

水の中から明滅する　希望
空気の中から輝く　絶望

弛まぬ努力

悲しいことさえ　乗り越えられる
君の中に
僕の闇は吸い取られて

だから君は　玉虫色に輝いていられるのかなぁ

ふりがな

私が孤独《ひとりで》に　苦しむのを引き止めるものは
何もなかったが
僕が自ら《おのずと》　残酷になるのを嫌がるものは
たくさんある

どうして

限定

いつかだれかを　偽善者呼ばわりするだろう
いつかすべてを　否定するだろう
そんな僕を抱えて　うずくまるだろう
みんな　散るだろう

なぜこんなことが　許されるのか
その答えを

僕の目を見て　述べる人こそが
僕の求める

ただ一人の　血

題名など思いつかない

最近私　よく虫を殺すの
指の間に挟んで　虫の中身が出てくるのを
見ているの

何も感じない
ただ　とても苦しい

次は　何を殺すのかしら
猫、犬、鳥
人？

泣きたい
だけど　涙が出ないの

後悔したい
だけど　何も湧いてこないの
私　おかしいのよ

電車

ぴたりとくっつく子供の匂いに
僕は打ちのめされて

人の血の温かさが　どれだけ
残酷で　おぞましいものなのかを　知らない
その幸せに　浸っている　子供の

その体温が僕を　焼き殺す

成分

僕は
一人の虐げられた
子供と
また別の
記憶を持たない大人とで
成り立っている

珍味

僕を結晶にしたとして
僕を搾りだしたとして

出てくるものは
抽出されるものはやはり

苦い体液なのでしょうか？

紙片

命を削って　書く有様は
血の滲み
体液の滴り

骨のかけら

熱い

ぐしゃぐしゃの髪の中に　顔を
埋めて

涙なく　うめく

僕を孤独から救うだれかが
去って行ってしまって

情景

太陽の朱の光に　引き千切られた雲たちと
狂いながら　横たわる僕と

僕という存在の

想う気持ちはただ一人のために
憎む思いは限りなく広く

激しく激しく　この世のものとは思われないほど狂おしく
愛するだろう　ただの一人を

薄く薄く　極限まで引き伸ばされた水ように
憎むことだろう　すべての人を

火葬

自らの骨の粉末を　噛みしめながら
どこまで
歩いてゆけるだろう
僕らは

弱肉強食

ピラニアのように　タスマニアデビルのごとく
食らいつく

しかしそれは　食べるためではなく
ただ請うているのだ

真理とは何かを　ただ
知りたいがために

告白

『あたしね、あなたが好きになったよ』

「どうして？」

『残酷だから。』

熱射病

ジリジリと射す太陽の　灼熱の中で
理想郷に囲まれて

僕の脳は何より　冷たい

露見

だれかに抱き締めてもらいたい
だけどそれは　僕が
底無しに不幸だとばれてしまうから
怖いんだ

三途の川

僕のケロイドが治る頃
どこかのだれかが　捨てていった誰かを
この腕に抱き締めたい

僕はこの身の上に重なる老いを　しっかりとかつ時に
感じつつ　そうして
ただひたすらに　愛したい

その子のための　帰る場所を
僕にしか創れないところを　それが愛と名のれるものならば
困ったように笑いつつ　待っていたい

僕が死んでも　愛がその子を救ってくれるよう

僕の残せるものすべて　持って行けるものすべてを
世界で一番　残酷な子供のために

そんな　夢

世界《せかい》で一番残酷《いちばんざんこく》な子供《こども》のために

2000年6月1日　初版第1刷発行

著　者　松田《まつだ》　裕《ゆう》

発行者　瓜谷綱延

発行所　株式会社文芸社

〒112-0004　東京都文京区後楽2-23-12

☎03-3814-1177（代表）

03-3814-2455（営業）

郵便振替　00190-8-728265

印刷所　株式会社フクイン

ISBN4-8355-0281-7 C0092